Anton Drasche

Skoda

Antigonos

Anton Drasche

Skoda

Unveränderter Nachdruck der Originalausgabe von 1881.

1. Auflage 2024 | ISBN: 978-3-38657-175-3

Antigonos Verlag ist ein Imprint der Outlook Verlagsgesellschaft mbH.

Verlag: Outlook Verlag GmbH, Zeilweg 44, 60439 Frankfurt, Deutschland, info@outlook-verlag.de
Vertretungsberechtigt: E. Roepke, Zeilweg 44, 60439 Frankfurt, Deutschland
Druck: Libri Plureos GmbH, Friedensallee 273, 22763 Hamburg, Deutschland

Skoda.

Von

Professor Dr. A. Drasche in Wien.

1881.

Verlag von Gerold & Comp.

Wien, I. Stefansplatz Nr. 8.

Skoda.

Von Professor Dr. A. Drasche.

Um 1 Uhr Mittags des 13. Juni 1881 verschied zu Wien nach langem, qualvollem Leiden Professor Josef Skoda im 76. Lebensjahre. Er folgte seinem treu ergebenen Freunde, gemeinsamen Mitarbeiter und Geistesgenossen Rokitansky nach noch nicht ganz verflossenem Triennium ins Grab. Erloschen ist nun ein Doppelgestirn, das seinen Strahlenglanz weit über alle Fernen des Weltalls ergossen. Als Begründer einer neuen segensreichen Richtung der praktischen Heilwissenschaft haben sich Beide solche unermeßliche Verdienste um die leidende Menschheit erworben, daß sie zu den größten Wohlthätern unseres Zeitalters gezählt werden müssen. Ist auch jetzt die von ihnen geschaffene Wiener Schule verwaist, so wird doch deren Geistesschöpfung — die epochale Umstaltung der Heilkunde nie untergehen. Selbst ihre bloßen Namen werden fortbestehen im dankbaren Andenken der Nachwelt.

Entsprossen einer Handwerkerfamilie, am 10. December 1805 zu Pilsen in Böhmen, absolvirte Skoda daselbst die 6 Gymnasialclassen und beide philosophische Jahrgänge. Wenig oder gar nichts ist von ihm aus dieser Zeit bekannt — der so schweigsame Mann verlor nur höchst selten ein Wort über die Erlebnisse und Begebenheiten seiner Kindheit und

Jugend. Mit dem 20. Lebensjahre (1825) bezog er
die Wiener Hochschule, um sich dem Studium der
Arzneiwissenschaft zu widmen. Nach am 16. Juli
1831 erlangtem Doctors-Grade der Medicin begab
sich Skoda sofort als Cholera-Arzt nach Böhmen.
Gewiß mögen hiezu dessen dürftige und drückende
Verhältnisse mit Anlaß gewesen sein. Nach Erlöschen
der Epidemie kehrte derselbe 1832 wieder nach Wien
zurück und trat da als Subaltern-Arzt ins allgemeine Krankenhaus ein, woselbst er in dieser Stellung
bis 1838 verblieb. Gerade in die damalige Zeit fielen die
bahnbrechenden Arbeiten Rokitansky's und seines Assistenten Kolletschka's in der pathologischen Anatomie,
die bis dahin fast nur von rein anatomischer Bedeutung — eine todte Wissenschaft war. Skoda
schloß sich diesen Forschungen in der Richtung ganz
an, daß er die am Leichentische gesammelten Erfahrungen über Ursprung, Verlauf und Ausgang
der Krankheiten an Lebenden zu verwerthen suchte.
Indem er die anatomische Erkenntniß zur Grundlage seiner klinischen Studien machte, betrat er einen
neuen Weg der Untersuchung und Beobachtung.
Stützten sich diese vordem doch weit mehr auf die
höchst unverläßlichen und von äußeren Umständen
häufig abhängigen Aussagen der Kranken, wie auf
andere blos sicht- und fühlbare, meist gar nicht
wesentliche Erscheinungen. Die wahre Objectivität
kam hiebei weniger als die naturphilosophische Speculation in Anbetracht. Das Streben nach einer
gewissen Sicherheit und Verläßlichkeit in der Fest-
stellung und dem Verfolgen krankhafter Vorgänge im
Organismus führte schon 1754 — also fast 80 Jahre
vor Skoda's allererstem öffentlichen Auftreten einen
Wiener Arzt im ehemaligen spanischen Hospitale, Leop.
Auenbrugger v. Auenbrugg, geboren zu Graz in Steier-

mark am 22. November 1722 und gestorben zu Wien den 17. Mai 1809, auf die richtige Spur, indem er in den Schallverschiedenheiten beim Beklopfen des Brustkorbes untrügliche Merkmale für die krankhaften Veränderungen der von jenem eingeschlossenen Organe je nach ihrem Luftgehalte gefunden zu haben glaubte. Seine hierüber 1761 bei Trattner in Wien und 1843 in neuer Auflage mit Vorwort von Skoda erschienene Brochure: Inventum novum ex percussione thoracis humani erfuhr im eigenen Vaterlande das gleiche Schicksal anderer Erfindungen — blieb nämlich ganz unbeachtet. Wiewohl dieselbe bereits 1770 durch Rozier de la Chassagnac in seinem Manuel des pulmoniques in's Französische übertragen war, bedurfte es doch noch eines Zeitraumes von nahezu 40 Jahren, um endlich die Aufmerksamkeit der zu Ende des vorigen und im Beginne dieses Jahrhundertes aufgegangenen und bestandenen französischen — anatomisch-physiologischen Schule auf die fast schon verschollene Schrift zu lenken. Corvisart (1755—1821) erst zog dieselbe durch eine abermalige Uebersetzung (Traduction enrichie de commentaires de la méthode d'Auenbrugger etc. Paris 1808) aus der Vergessenheit hervor und lehrte als Kliniker die Percussion am Krankenbette, wie er dieselbe auch in seiner späteren Stellung als Leibarzt Napoleons (I.) in die Praxis einführte. Corvisart gebührt also das Verdienst, diese neue Untersuchungs-Methode zur wirklichen Geltung gebracht zu haben. Seinem Nachfolger Laënnec (1787—1826) aber war es vorbehalten, die volle Bedeutung der Percussion durch die Auscultation — durch das Behorchen des Brustkorbes, nämlich der durch die ein- und ausströmende Luft, das zu- und abfließende Blut und die Herzbewegungen erzeugten Geräusche (De l'auscultation médiate etc. Paris 1819) zu ergänzen. Laënnec dürfte hiezu weit mehr selbstständig an der Hand der Percussion und pathologischen Anatomie als durch die hippokratischen Schriften, welche des zu hörenden Plätscherns bei Ansammlung freier Luft und Flüssigkeit im Brustraume erwähnen, gekommen sein. Die Grundpfeiler der physikalischen Exploration: die Percussion und Auscultation waren nun, wenn auch auf mehr empirischem Wege und in einseitiger Weise aufgeführt, und damit dem Forschungsgeiste der Aerzte nicht nur in Frankreich, sondern auch in allen anderen Ländern ein weiter Spielraum geboten. Laënnec's Schüler, namentlich Piorry (De la percussion médiate etc. Paris 1828) und Bouillaud (Traité clinique des maladies du coeur etc. Paris 1835) bildeten dieselben bis zu einem gewissen Grade der Vollkommenheit aus — den monumentalen Ausbau des Ganzen vollendete jedoch Skoda. Vom exacten physikalischen Standpunkte ausgehend, hielt er die am lebenden Körper beobachteten, acustischen Erscheinungen mit den substantiellen Organ-Veränderungen an der Leiche zusammen und förderte so das richtige Verständniß über Sitz und Ausbreitung, wie über die Art der Erkrankungen. Er zeigte, daß sich die einzelnen Krankheiten als solche nicht durch bestimmte, acustische Zeichen zu erkennen geben, sondern daß im Gegentheile gewisse physikalische Phänomene bei den verschiedensten Erkrankungen der Innen-Organe wiederkehren und, daß nur das Zusammentreffen mehrerer derselben die Erkenntniß im speciellen Falle sichern. Hiemit erhob er die physikalische Diagnostik zu einer streng wissenschaftlichen Methode, wie sie mustergiltig sein wird für alle Zeiten. Auenbrugger und Laënnec haben allerdings die Percussion und Auscultation erfunden — erforscht, begründet, erweitert und verbreitet hat sie aber erst Skoda.

Jedenfalls hatte Skoda bei seinem Eintritte ins allgemeine Krankenhaus nicht die Absicht, sich da blos für die ärztliche Praxis auszubilden. Im Gegentheile scheint ihm damals schon die akademische Laufbahn vorgeschwebt zu haben, da er sich gleich (1833) um die Assistenten-Stelle bei der neu ge= schaffenen Lehrkanzel für gerichtliche Medicin — aller= dings erfolglos — bewarb. Während der beiden ersten secundarärztlichen Dienstjahre hielt sich Skoda meist in der Sections-Kammer auf und beschäftigte sich eifrigst mit der pathologischen Anatomie. Durch ver= gleichende Zusammenstellungen der an den Leichen gefundenen Veränderungen mit den am Leben beob= achteten Erscheinungen, namentlich bei Herz= und Lungen-Kranken suchte er das gegenseitige physikalische Verhalten jener zu ergründen und zu erklären. Indem er diese Ergebnisse vorerst seinen nächststehenden Collegen in mündlichen Erörterungen und praktischen Unterweisungen am Krankenbette mittheilte, kam es zu jenen Privatcursen, die 1835 schon sehr gesucht und besucht waren. Ein Jahr später (1836) trat Skoda mit seiner Erstlingsarbeit („Ueber die Per= cussion" von Dr. Josef Skoda, Secundararzt im allgemeinen Krankenhause. Medicinische Jahrbücher des k. k. österreichischen Kaiserstaates. IX. Band, neueste Folge 1836) in die Oeffentlichkeit, fand damit aber bei den damaligen Matadoren des allgemeinen Krankenhauses wenig oder gar keinen Anklang. Im Gegentheile begann nun die Laufbahn des jungen emporstrebenden Secundar=Arztes recht dornenvoll zu werden. Während Rokitansky sorglos, unbehelligt und mehr selbstständig in seiner Sections-Kammer

arbeiten konnte, setzten Neid und Mißgunst, Hoch=
muth und Beschränktheit Skoda alle möglichen Hinder=
nisse in den Weg. Wurde er doch ganz rücksichtslos
mitten im Schaffen aus seinem Wirkungskreise heraus=
gerissen, als er sich in Folge einer besseren Ueber=
zeugung wiederholt zu mehr eigenmächtigen und für
jene Zeit ganz ungewöhnlichen therapeutischen Ein=
griffen bei den Spitals=Kranken hatte verleiten lassen.
Seine Versetzung auf die Irren=Abtheilung des all=
gemeinen Krankenhauses — in den sogenannten
Narrenthurm geschah 1837 strafweise für 3 Monate.
Nur dem besonderen Wohlwollen seines unmittel=
baren Vorstandes, Dr. Josef Ratter (Primar=Arzt)
verdankte es Skoda, daß er dessen Abtheilungs=
Materiale zur Fortsetzung seiner Untersuchungen und
Demonstrationen wie vorher benützen durfte. Gerade
während seiner zeitweisen Verbannung schrieb er
zwei Abhandlungen („Ueber den Herzstoß und die
durch die Herzbewegungen verursachten Töne und
über die Anwendung der Percussion bei Unter=
suchung der Organe des Unterleibes" von Dr. Josef
Skoda, Secundar=Arzt in der Irren=Anstalt des
k. k. allgemeinen Krankenhauses. Medicinische Jahr=
bücher 2c., 13. und 14. Band N. F. 1837), von
welchen Erstere den Grund zur physikalischen Diag=
nostik der Herzkrankheiten, die er sein Leben lang
mit besonderer Vorliebe pflegte, gelegt hat.

Hatte sich um Skoda bisher in aller Stille
nur ein kleines Häuflein Wißbegieriger geschaart,
und wurde seine neue Methode anfangs auch igno=
rirt oder sogar bespöttelt, so fand er dagegen bei
seiner Rückkehr aus der Irren = Anstalt in die
frühere Stellung schon mehr Anhang und Aner=
kennung. So waren bereits 1837—1838 Dittrich,
Hamernjk, Jaksch, Oppolzer nach Wien gekommen,

um sich mit Skoda's Lehren vertraut zu machen. Als begeisterte Anhänger verpflanzten sie dieselben namentlich nach Prag, das nun auch der Mittelpunkt einer sehr regen wissenschaftlichen Thätigkeit wurde. Von Nah und Fern wanderten jüngere und ältere Aerzte vor ihrem Eintritte in das öffentliche Leben ins Wiener allgemeine Krankenhaus — zu Skoda, behufs Uebung und Ausbildung in seinem Verfahren, selbst auch nur, um den so seltsamen Mann zu sehen. Langsam, aber um so wirkungsvoller und nachhaltiger brachen sich Skoda's Errungenschaften ebenfalls in Deutschland die Bahn. Nicht wenige seiner damaligen Schüler zierten später als ausge=zeichnete und hervorragende Lehrer die ersten Uni=versitäten. So wuchs Skoda's Ruf von Jahr zu Jahr nicht nur unter den Aerzten, sondern auch unter den Laien, die aus aller Herren Länder zu ihm pilgerten, um sich besonders bei Lungenkrank=heiten Rath und Hilfe zu holen. Von 1838 liegt blos eine einzige publicirte Arbeit Skoda's (gemein=schaftlich mit Dr. Dobler) vor, und zwar in thera=peutischer Richtung: Ueber Abdominal=Typhus und dessen Behandlung mit Alumen crudum (Medicin. Jahrbücher 2c. 15. Bd. N. F. 1838).

Mit dem Jahre 1839 schied Skoda aus dem Verbande des allgemeinen Krankenhauses — von dem Schauplatze seines so ruhmreichen Schaffens und Wirkens. Sei es, daß er sich in seiner sehr inferio=ren Stellung ebenso unbehaglich als unzufrieden fühlte, oder daß er der gesetzlichen Bestimmung, welche den Subaltern Aerzten nur eine gewisse Zeit zur Ausbildung in der Anstalt gestattet, weichen mußte — kurz, Skoda wurde Armenarzt einer Vor=stadt Wiens: in St. Ulrich. Indeß verblieb er nur 9 Monate lang auf diesem Posten. Was mag wohl

damals in seinem Gemüthe vorgegangen sein, als
er sich zur Annahme dieser so kärglichen Stelle, die
unter gewöhnlichen Verhältnissen nur die denkbar
bescheidenste und anspruchloseste Existenz gewährt,
entschloß. Jedenfalls verlor er hiebei nicht die Zu=
versicht in seine hohe Mission — denn diese
kurze Zeit war eben die literarisch productivste seines
ganzen Lebens!

Außer zwei originellen Abhandlungen („Unter=
suchungs=Methode zur Bestimmung des Zustandes
des Herzens." Von Dr. Josef Skoda. Medicinische
Jahrbücher 2c. 18. Bd. N. F. 1839 und: „Ueber
Pericarditis in pathologisch=anatomischer und diag=
nostischer Beziehung." Von Dr. Josef Skoda und
Dr. Kolletschka. Medicin. Jahrbücher 2c. 19. Bd.
N. F. 1839) schrieb Skoda 1839 auch eine muster=
hafte und sehr eingehende Kritik über Piorry's
„Semiotik und Diagnostik" (Medicin. Jahrbücher 2c.
18. Bd. N. F. 1839). Ein von ihm am 16. November
desselben Jahres in der Gesellschaft der Aerzte zu
Wien gehaltener Vortrag über die „Diagnose der
Herzklappenfehler" (Medicin. Jahrbücher 2c. 21. Bd.
N. F. 1840) könnte füglich gegenwärtig — also nach
40 Jahren genau so wiedergegeben werden, ohne
daß bei den seither in der klinischen Medicin statt=
gefundenen außerordentlichen Fortschritten eine Er=
gänzung oder Aenderung von Nöthen wäre. Alle
diese Arbeiten waren doch nur Bausteine zu jenem
classichen, epochalen Werke über die „Percussion und
Auscultation" (Abhandlung über „Percussion und
Auscultation". Von Dr. Josef Skoda, Mitglied der
medicinischen Facultät und der k. k. Gesellschaft der
Aerzte in Wien. Wien 1839, bei J. G. v. Mösle's
Witwe und Braumüller. 271 Seiten in Octav. Preis
1⅔ Gulden), womit Skoda die medicinische Welt

1839 in staunende Bewunderung versetzte. Sein damaliger mit ihm in vielfachem, besonders wissen=schaftlichem Verkehre gestandene Zeitgenosse — der wegen seines strengen Urtheiles und seiner offenen, mitunter sehr derben Sprache bekannte und jetzt noch in gefeiertem Andenken fortlebende Chirurg Schuh erklärt gleich eingangs in der diesbezüglichen Kritik („Kritische Besprechung über die Abhandlung Skoda's über Percussion und Auscultation." Vom Primar=Wundarzte im allgemeinen Krankenhause Dr. Franz Schuh. Medicin. Jahrbücher ꝛc. 20. Bd. N. F. 1839), daß er mit einer wahren Begierde die Skoda'ische Schrift ergriffen habe und, daß das Werk selbst den Meister lobt. Er rühmt an demselben besonders die strenge Liebe zur Wahrheit, die überreiche Erfahrung und ganz schmucklose Darstellungsweise. So klein auch Skoda's Buch erscheint, so ist es doch nach Tiefe und Bedeutung des Inhaltes, wie nach der Form einzig und unübertroffen in seiner Art. Alles in dieser Richtung vorher Bestandene ist schöpferisch aufgenommen und genial verwerthet. Die physikali=schen Principien und die pathologisch=anatomischen Verhältnisse sind die Basis, auf welcher Skoda's diagnostisches System, dessen Grenzen und Anwend=barkeit beruhen. Rastloser Fleiß, scharfe Beobach=tungsgabe und ein durchdringender Geist reihen Glied an Glied zu dem Werke, welches gleichsam einen culturhistorischen Abschnitt auf dem weiten Gebiete der Heilkunde repräsentirt. Eine wahre Fluth von Lehr= und Handbüchern über physikalische Diagnostik ist seither gekommen, aber keins hat Skoda's Abhand=lung auch nur erreicht, geschweige denn übertroffen. Spätere Forschungen haben allerdings Manches be=richtigt, aber nichts hinzugefügt — an den Grund=festen des Ganzen vermochten sie nicht zu rütteln.

Skoda's Beobachtungen und Schlüsse sind für immer richtig. Dem inneren Werthe des Werkes entsprach auch der äußere Erfolg — es hatte bereits sechs Auflagen (1839, 1842, 1844, 1850, 1854, 1864) und mehrere, zuerst französische Ueberseßungen. Vor Jahren war es fast in den Händen jedes Arztes — betrachtet und bewahrt wie ein Kleinod.

Kaum würde Skoda von seiner armenärztlichen Expositur wieder in den ursprünglichen Wirkungs= kreis zurückgelangt sein, hätte nicht ein damals mächtiger Mann — der Referent bei der k. k. Hof= Studiencommission, Dr. Ludwig Freiherr v. Türk= heim, ein offenes Auge und Herz für wahres Ta= lent und wirkliches Verdienst gehabt. Da Skoda demselben die drei ersten Auflagen seines unver= gänglichen Werkes widmete und zwar, wie es an der betreffenden Stelle wörtlich heißt: „in innigster Verehrung", was bei ihm gewiß keine inhaltslose Phrase, sondern tiefes Empfundensein war, steht es wohl außer allem Zweifel, daß Türkheim entschei= dend in die Geschicke Skoda's eingegriffen hat. Ein Hoffanzlei=Decret vom 13. Februar 1840 verfügt die Errichtung einer Abtheilung für Brustkranke im allgemeinen Krankenhause und verleiht die Stelle eines ordinirenden Arztes an derselben dem durch sein 1839 erschienenes Buch über Percussion und Auscultation rühmlich bekannten Med. Dr. Josef Skoda. Dieser sonst so schmeichelhaften Ernennung lag die Erklärung bei, daß mit besagtem Ordina= riate keine Ansprüche auf irgend eine Entlohnung verbunden seien. Die damalige, Skoda nicht be= sonders freundlich gesinnte Krankenhaus=Direction hatte mit der Ausführung dieser Anordnung keine Eile, wies ihm dann auch zwei ziemlich entlegene Zimmer: Krankensaal 102 (für Männer) und 100

(für Weiber) zu. Als die ersten Hilfsärzte fungirten da=
selbst Dr. Kolisko und Dr. Marouschek, von welchen
Ersterer (Primar = Arzt im Wiener allgemeinen
Krankenhause) der letzte noch lebende Veteran aus
jener glorreichen Zeit ist.

Skoda war nun endlich am ersehnten Ziele
seines Strebens und Ringens — in selbstständiger
Thätigkeit. Ueber das Mißliche einer nicht gesicherten
Stellung konnte er sich umso eher hinwegsetzen, als
seine Bedürfnisse äußerst gering und seine Lebensweise
sehr einfach waren. Mancher seiner Schüler stand
bereits in Amt und Würden mit reichem Einkom=
men. So kurz auch die Zeit war, während derer
sich Skoda im Spitale ausschließlich mit Brust=
kranken befaßte, hatte er nicht blos die Diagnostik
der Herz= und Lungen=Krankheiten mit früher nicht
bekannten, ganz neuen Thatsachen bereichert, son=
dern auch therapeutisch originelle, viel bewunderte
Erfolge zu Stande gebracht. Seine Berichte über
die auf der Abtheilung für Brustkranke im k. k.
allgemeinen Krankenhause vom Monate Mai bis
Ende December 1840 behandelten Kranken (Medi=
cinische Jahrbücher ꝛc. 25., 26., 27. und 29. Band.
N. F. 1841 und 1842) liefern einen selbst=
redenden Beleg hiefür. So entwickelte er in den=
selben, wie auch in einem am 30. October 1840
in der Gesellschaft der Aerzte gehaltenen Vortrage,
gestützt auf die physikalische Exploration, die An=
zeigen und das Verfahren über die Paracentese der
Brust und des Herzbeutels unter Anführung von
40 Fällen, bei welchen diese Operation vollzogen
worden war. Hiebei stand ihm namentlich Schuh
zur Seite, der schon frühzeitig die Errungenschaften
Skoda's zu chirurgischen Zwecken ausgebeutet hatte:
(Ueber den Einfluß der Percussion und Ausculta=

tion auf die chirurgische Praxis nebst einigen Ver=
suchen über das Eindringen von Luft in die Brust=
höhle. Von Dr. Franz Schuh, Primar = Wundarzt
im allgemeinen Krankenhause. Medicin. Jahrbücher ꝛc.
18. Bd. N. F. 1839). Ein reges Leben im Schaffen
und Arbeiten kennzeichnet die eben geschilderte Periode
in der so großen Wiener Kranken = Anstalt: Roki=
tansky voran, dann Skoda — es begann zu däm=
mern das Morgenroth einer neuen Aera!

Nicht ganz ein Jahr war Skoda Ordinarius
an der für ihn errichteten Abtheilung für Brust=
krankheiten. Bereits 1841 wurde er Primar=Arzt
im allgemeinen Krankenhause und erhielt außer den
genannten Zimmern für Brustkranke auch noch
einige Säle mit internen Krankheiten und chroni=
schen Hautausschlägen. Sehr bald nach dieser Er=
nennung begab er sich in Gemeinschaft mit Roki=
tansky nach Paris, um die dortigen medicinischen
Koriphäen und Spitalseinrichtungen näher kennen
zu lernen. Bei seiner Rückkehr nahm er gleich nach
dem Muster der letzteren eine Absonderung der
Hautkrankheiten von den anderen Krankheitsfällen
vor, um jene eigens beobachten und behandeln zu
können. Von Skoda ging somit der erste Impuls
— die befruchtende Idee zu der späteren so gründ=
lichen Umstaltung der Dermatologie aus, wodurch
die Wiener Schule in umso erhöhterem Glanze er=
strahlte. Zu derselben Zeit bewarb sich Skoda auch um
die erledigte Professur der medicinischen Klinik in
Prag. Die vorgeschriebene Concurs=Prüfung wurde
ihm zwar erlassen, die Stelle erhielt er aber nicht.
Wenn sich Skoda bisher vorzugsweise der Erfor=
schung der Herz= und Lungenkrankheiten hingegeben
hatte, so erstreckte sich seine reformatorische Thätig=
keit nun ebenfalls über das ganze Gebiet der in=

ternen Medicin. Trat er mit jener auch weniger literarisch in der Oeffentlichkeit hervor, so wirkte er doch in dieser Richtung aneifernd und anregend auf die Strebsamkeit jüngerer Talente in seiner allernächsten Umgebung. Die alljährlich von Skoda's Subaltern-Aerzten publicirten Abtheilungsberichte (Bericht über die auf der Abtheilung für Brustkranke des Primararztes Dr. Josef Skoda behandelten Kranken 2c. Von Dr. Gustav Loebl, Medicin. Jahrbücher 2c. 29., 30., 31., 32., 33. u. 34. Bd. N. F. 1842 und 1843. Jahresbericht über die unter der Leitung des Primararztes Dr. Josef Skoda stehenden Abtheilung für chronische Hautausschläge behandelten Hautkrankheiten 2c. von Dr. Ferdinand Hebra. Medicin. Jahrbücher 2c. 30., 31., 32., 34., 35. u. 39. Bd. N. F. 1842, 1843 und 1844. Beobachtungen über die im allgemeinen Krankenhause auf der Abtheilung des Primararztes Dr. Josef Skoda am Typhus behandelten Kranken, von Dr. Anton Pfrang. Medicin. Jahrbücher 2c. 32., 35. und 36. Bd. N. F. 1842 und 1843) bergen wahre Schätze klinischer Erfahrungen und origineller Anschauungen. Loebl und Hebra begannen damals als Spitals-Praktikanten bei Skoda ihre so verschiedenen Laufbahnen. Während der Erstere ganz den Fußstapfen seines Lehrers und Meisters folgte, warf sich der Letztere ausschließlich und mit einer erstaunlichen Productivität auf das dermatologische Terrain, das er dann weltberühmt wie eine Domäne beherrschte.

Jetzt schon stand Skoda als Forscher und Arzt am Zenithe seines Rufes und Ruhmes. Von allen Gegenden kamen Aerzte und Kranke herbei, um sich entweder unter seiner persönlichen Anleitung im Percutiren und Auscultiren, in der eigenartigen Beobachtung, Beurtheilung und Behandlung der

Krankheiten zu unterrichten oder zu hören und zu erfahren, wo und wie es ihrem kranken Leibe gebricht und auf welche Weise Besserung und Gesundung zu erreichen sind. Skoda war damals der gesuchteste Rathgeber der Aerzte bei zweifelhaften oder verwickelten Krankheitsfällen ihrer Praxis. Selbst die Homöopathen, deren Heilmethode sich zu jener Zeit, namentlich in Wien sehr breit machte, consultirten ihn am häufigsten bei ihren Clienten. Sie ahnten nicht, daß gerade Skoda mit seiner vernichtenden Kritik des alten therapeutischen Schlendrians die Fundamente ihres Systems zertrümmere. Daher verlor sich auch des Letzteren Anhang, als dessen beste Köpfe vom Schauplatze ihrer ärztlichen Thätigkeit verschwunden waren.

Im Beginne der Skoda'ischen Glanzperiode — anfangs der Vierzigerjahre vollzog sich in Wien jene denkwürdige Reformation der Heilkunde, welche als eine der größten Segnungen der Menschheit in der Geschichte dieses Jahrhunderts verzeichnet steht. Der Zeitfolge nach schloß sie sich wohl der französischen Schule an, entwickelt hat sie sich aber in Wirklichkeit ganz unabhängig. Aus dem unscheinbaren Leichenhofe des Wiener allgemeinen Krankenhauses ging die neue Schule hervor, deren Pfadfinder Rokitansky war. Unerreicht in der Schärfe der Beobachtung, der Originalität der Anschauungen, der Menge der Entdeckungen und deren glücklichen Deutung, der imponirenden Sprache und lichtvollen Darstellung erschloß er das Entstehen und Vergehen der krankhaften Veränderungen des menschlichen Organismus wie Keiner vor ihm! Was Rokitansky am Secirtische zu Tage gefördert, das verwerthete und verwendete Skoda in befruchtender Weise am Krankenbette. So wurden Rokitansky und Skoda als die Begründer der Wiener Schule in der ganzen civilisirten Welt erkannt und bekannt. In ihren Schöpfungen und Ruhme ebenso unvergänglich als unzertrennlich, gleichen sie einem Dioscuren-Paare, das für immer eine helle Leuchte am medicinischen Horizonte sein und bleiben wird. Von ihren mitarbeitenden Zeitgenossen erreichten namentlich Schuh und Hebra eine bedeutende Höhe in Wissenschaft und Praxis. Daher werden mit Rokitansky und Skoda auch Schuh und Hebra als Zierden ihrer Hochschule und Stolz ihres Vaterlandes genannt. Wem könnte von deren Schülern beim bloßen Anblicke dieser Namen nicht schon das Herz schwellen?

Nachdem Skoda über ein volles Decennium in Wort und Schrift ein so erfolgreiches Wirken entfaltet hatte, gelangte er 1846 in seinem 41. Lebensjahre auf den nach Lippich's Tode erledigten Lehrstuhl der internen Klinik. Auch dieses Ziel seines langjährigen Strebens errang er nicht ohne Schwierigkeiten und harte Kämpfe gegen den noch sehr einflußreichen Anhang der alten Schule. Zudem war sein hoher und warmer Gönner von Türkheim auch nicht mehr am Leben. Wurde doch Skoda damals nicht einmal in den betreffenden Terna-Vorschlag (primo loco: Dr. Carl Schroff, k. k. Stabsarzt in Wien, secundo loco: Dr. Raimann, Professor an der Chirurgen-Schule in Wien, tertio loco: Dr. Hornung, Professor an der chirurgischen Lehranstalt in Salzburg) für jene Lehrkanzel aufgenommen. Da trat Rokitansky mit aller Kraft und Macht seines Willens und seiner Sprache für den gekränkten und bedrängten Freund ein. In einem Separat-Votum an den ehemaligen Staats- und Conferenz-Minister Grafen Kolowrat erklärte er

Skoda als allein zu dieser Stelle berufen wegen seines klaren Verstandes, durchdringenden Urtheils, seiner unerschütterlichen wissenschaftlichen Ueberzeugung und Consequenz, Unbestechlichkeit weder durch Autoritäten und Theorien, noch durch grundlose Speculation. Er stellte Skoda hin „als eine Leuchte für den Lernenden, als ein Muster für den Strebenden, und als Fels für den Verzagenden." Mit allerhöchster Entschließung vom 26. September 1846 wurde Skoda zum Professor der medicinischen Klinik an der Wiener Universität ernannt. Schon am 15. October desselben Jahres inaugurirte er den Antritt seines Lehramtes mit einer in lateinischer Sprache gehaltenen Festrede, deren denkwürdiger Schlußsatz lautet: et ego studium medicinae vinculis linguae latinae liberare conabor. In der That auch erhielt er später (1848) auf eine besondere Eingabe die Bewilligung zum Gebrauche der deutschen Sprache bei seinen Vorträgen. Die zur Zeit der Gründung der k. k. Akademie der Wissenschaften in Wien am 17. Juli 1848 erfolgte Ernennung Skoda's zu deren wirklichem Mitgliede in der mathematisch=naturwissenschaftlichen Classe war nur eine längst verdiente Anerkennung seiner um Staat und Wissenschaft erworbenen Verdienste.

An der nach dem sturmbewegten Achtundvierziger=Jahre stattgefundenen Reorganisation der medicinischen Studien in Oesterreich hatte Skoda einen hervorragenden Antheil. Seine im Auftrage des Unterrichts=Ministeriums abgefaßte Denkschrift (Einige Worte über die medicinischen Studien von Professor Dr. Josef Skoda. Zeitschrift der k. k. Gesellschaft der Aerzte in Wien. 5. Jahrgang. 1. Band 1849) enthielt Rathschläge, von welchen Manche, erst jetzt ausgeführt, den weitschauenden Blick Skoda's, in dem eigentlich Alles schon fertig war, bekunden. Andere sind gegenwärtig sogar noch eine offene Streit= frage, namentlich in Deutschland. Bezüglich der Vor= studien sprach er die Meinung aus, daß die Real= fächer, wie Physik, für den künftigen Arzt viel ersprießlicher, als die alten Sprachen seien. Ueber den medicinischen Unterricht selbst äußerte sich Skoda dahin, daß den Studirenden die möglichst größte Gelegenheit, sich durch eigene Beobachtungen und Untersuchungen auszubilden, geboten werden müsse. Daher befürwortete er die Errichtung zahlreicher Institute, unter Anderen auch für Hygiene und ex= perimentelle Pathologie mit jedoch beschränkter Schülerzahl. Die Experimente an Thieren bezeichnete er als die ergiebigste Quelle medicinischer Kennt= nisse. Wie durchdrungen Skoda vom echten Geiste der Humanität war, bezeugen seine Auslassungen bezüglich der klinischen Benützung der Kranken. Diese sollen durch die Demonstrationen keinen Schaden, nicht einmal eine Belästigung erfahren, hiezu auch nur zu bestimmten Stunden des Tages und da blos von wenigen Schülern verwendet werden. Es lag wohl eine beabsichtigte Auszeichnung darin, daß das medicinische Professoren=Collegium bei der ersten Constituirung auf Grundlage des neuen Organi= sations=Statutes zu seinen Würdenträgern Rokitansky (Decan) und Skoda (Pro=Decan) für das Studien= jahr 1849/50 wählte.

Die sehr angestrengte Lehrthätigkeit und der außerordentliche Zulauf von Leidenden ließen Skoda jetzt wenig Zeit zu schriftstellerischen Arbeiten. Seine frühzeitige Kränklichkeit schloß dieselben später gänz= lich ab. Sie finden sich fast alle in den Sitzungs= berichten der k. k. Akademie der Wissenschaften und der Zeitschrift der k. k. Gesellschaft der Aerzte in

Wien, welchen beiden Körperschaften Skoda bis zu seinem Lebensende mit Leib und Seele angehörte. So berichtet er 1850 über einen Fall mit fehlendem Brustbeine, bei welchem die Herzbewegungen sehr deutlich zu sehen und zu beobachten waren (Sitzungs= berichte der k. k. Akademie der Wissenschaften, 4. Band. 1850). Dann folgen Abhandlungen: Ueber die Erscheinungen, aus denen sich die Verwachsung des Herzens mit dem Herzbeutel an Lebenden erkennen lassen (Sitzungsberichte ꝛc. 7. Band. 1851 und Zeitschrift der k. k. Gesellschaft der Aerzte in Wien. 8. Jahrgang. 1. Band 1852) und: Ueber die Function der Vorkammern des Herzens und über den Einfluß der Contractionskraft der Lungen und der Respirations=Bewegungen auf die Blutcirculation (Sitzungsberichte ꝛc. 9. Band. 1852 und Zeitschrift ꝛc. 9. Jahrgang. 1. Band 1853), wie: Ueber eine durch mehrere Monate anhaltende Catalepsie (Sitzungsberichte ꝛc. 9. Band. 1852 und Zeitschrift ꝛc. 8. Jahrgang. 2. Band. 1852), bei welcher schon ganz regelmäßige und fortgesetzte Temperaturs=Mes= sungen in der Mund= und Achselhöhle ꝛc. angestellt worden waren. Die Publication Skoda's über die Heilung des Lungenbrandes durch Einathmungen von Terpentinöl=Dämpfen erschien 1853 (Fälle von Lungenbrand behandelt und geheilt durch Einathmen von Terpentinöl=Dämpfen von Professor Dr. Jos. Skoda. Zeitschrift ꝛc. 9. Jahrgang. 1. Band. 1853), nachdem er bereits vorher in einer Sitzung der Ge= sellschaft der Aerzte (26. März 1852) hierüber Mittheilung gemacht hatte. Noch schrieb Skoda in Gemeinschaft mit dem damaligen Assistenten der pathologischen Anatomie Dr. J. Klob über Schwielen= bildung des Herzfleisches (Fälle von ausgebreiteter Schwielenbildung im Herzen. Wiener medicinische

Wochenschrift 1856) und besprach da eingehend die Erscheinungen und deren diagnostischen Werth für die Erkenntniß dieses bisher klinisch nicht näher gekannten Zustandes. Schließlich ist eines mündlichen Referates Skoda's in der Akademie der Wissenschaften über den Inhalt der Berichte, welche anläßlich des Cretinismus in der österreichischen Monarchie eingelangt waren, zu gedenken. Sämmtliche eben vorgeführte und kurz berührte Aufsätze sind in sehr bald vergriffenen Sonderabdrücken vervielfältigt worden.

Skoda's Verhältniß zur Gesellschaft der Aerzte, in welcher er zuletzt die Würde eines Ehren-Präsidenten bekleidete, war ein sehr inniges und hingebendes. Er fehlte selten bei ihren Sitzungen, sein Erscheinen zog immer zahlreiche Mitglieder herbei, die sich um ihn förmlich drängten. Sobald er in die Debatte eingriff, herrschte lautlose Stille im ganzen Saale — Aller Augen waren nur auf ihn gerichtet. Kaum hatte er ausgesprochen, so war die Discussion der Hauptsache nach auch schon abgethan. Sein Urtheil und seine Anschauungen waren dann maßgebend. Bei Existenz-Angelegenheiten der Gesellschaft, namentlich deren Journals, trat er mit einem Eifer ein, der selbst in seinem sonst so ruhigen und stillen Wesen sichtlich wurde. Drohte Unfriede oder Zwietracht, da einigte er oft durch ein paar Worte. Wo es galt, dem unterdrückten Rechte beizustehen, das verkannte Talent zu würdigen und wahre Leistungen werth zu schätzen, da zeigte sich Skoda in der ganzen Größe seines Charakters. So führte er in der Gesellschaft der Aerzte jahrelang (1850—1852) den erbittertsten Kampf, als er Semmelweis (Ueber die wahren Ursachen der in der Wiener Gebäranstalt ungewöhnlich häufig vorkom-

menden Erkrankungen der Wöchnerinnen und über
die Mittel zur Verminderung dieser Erkrankungen
auf die gewöhnliche Zahl. Zeitschrift ꝛc. 6. Jahr=
gang. 1. Band. 1850), der auch äußere Infections=
Momente als Veranlassung der Puerperal=Erkran=
kungen beschuldigte, in dessen Ansichten und humanen
Bestrebungen zur Seite stand. Die ganze medicinische
Facultät ging damals fast außer Rand und Band
und verfolgte den genialen Mann, bis sich hinter
ihm die Pforten des Irrenhauses schlossen. Aber
Skoda ruhte nicht, er trug den Streit in die Aka=
demie der Wissenschaften und focht ihn da glänzend
für Semmelweis aus. Besonders hat Skoda noch
das Ansehen der Gesellschaft der Aerzte nach Außen
gehoben. In der Frage der Trinkwasser=Versorgung
Wiens förderte er an der Spitze jener Körperschaft
mit schlagenden Gründen und Thatsachen die Hoch=
quellen=Leitung, welche jetzt das köstlichste Wasser
spendet. Jüngst warnte er selbst von seinem Schmer=
zenslager aus in beredten Worten vor der geplanten
Wienthal=Wasserleitung. Mit Skoda hat die Gesell=
schaft der Aerzte ihr bestes und ältestes Mitglied,
ihren treuesten Anhänger — ihr Haupt verloren!

Wenngleich Skoda sich vorzugsweise auf dem
Gebiete der Herz= und Lungenkrankheiten bewegte
und deren Ergründung und Erkenntniß anfangs
ganz hingab, so war er doch Kliniker im eminentesten
Sinne des Wortes. Auf den anatomischen Stand=
punkt und eine überreiche eigene Erfahrung fußend,
mit einer seltenen Beobachtungsgabe und einem klar
sehenden Geiste ausgerüstet, entwickelte und lehrte er
ein vordem nie gekanntes und einzig sicheres Verfahren
der Forschung am Krankenbette. Ihm war die Fest=
stellung der Krankheiten im einzelnen Falle nur die
Anpassung an die pathologisch=anatomischen Ergeb=

niſſe und an die thatſächlichen kliniſchen Wahr=
nehmungen. Hiedurch ſuchte er das Zuſtandekommen
der krankhaften Erſcheinungen, deren Bedeutung und
Zuſammenhang darzulegen und auf dem Wege der
Ausſchließung zur exacten Beſtimmung des Sitzes
und der Natur der Krankheiten zu gelangen. Als
Diagnoſtiker war er in der tiefen Gründlichkeit
ſeiner Auffaſſung, der Weite ſeines Ueberblickes und
der ſchlagenden Richtigkeit ſeiner Folgerungen groß
und bewunderungswürdig. Wo die poſitive Kenntniß
aufhörte, bekannte er die Wahrheit ganz offen. Die
Liebe zu dieſer war der hervorſtechendſte Charakterzug
Skoda's und übertrug ſich auch auf ſeine Schule und
Schüler, die ſich gerade deswegen heute noch des größten
Anſehens und Vertrauens in der Laienwelt erfreuen.

Bei der ſo exacten kliniſchen Beobachtungs=
Methode Skoda's war es doch natürlich erklärlich, daß
er auch gleichzeitig die überkommenen Behandlungs=
weiſen in den Bereich ſeiner reformatoriſchen Beſtrebun=
gen einbezog. Jedenfalls führten ihn zuerſt die phy=
ſicaliſchen Unterſuchungs=Reſultate, welche mit einer
faſt mathematiſchen Sicherheit den naturgemäßen,
wie vermeintlich beeinflußten Verlauf gewiſſer Krank=
heiten und deren verſchiedene ſubſtantielle Phaſen
feſtſtellen, abgrenzen, verfolgen und controliren laſſen,
zu einer ganz berechtigten Kritik der damaligen
therapeutiſchen Grundſätze. Indem er die mannig=
fachen Mittel und Heilverfahren auf ihre Wirkun=
gen am Krankenbette eindringlich und vorurtheils=
frei prüfte, bei ihrer Anwendung zielbewußt vorgieng
und zeigte, daß einzelne Krankheiten unter ent=
ſprechender ärztlicher Obſorge auch ohne medicamen=
töſes Zuthun oder doch nur durch wenige und ein=
fache Arzneien wieder vorübergehen, warf er den
ganzen alten Plunder eines ſich längſt überlebten

Systems, welches namentlich die Unwissenheit deckte
und der Bequemlichkeit zu gut kam, über Bord und
lehrte die Aerzte denken und überlegen — rationell
behandeln. Bei dem damaligen blinden Glauben
an die absurdesten Mittel gehörte viel Muth dazu,
so in Wort und That gegen die allgemeine
Strömung aufzutreten. Skoda wurde deshalb auch
des grundsätzlichen Scepticismus und Nihilismus
geziehen. Allerdings hat er mit den Martern und
Torturen durch Zugpflaster, Haarseile, Glüheisen ꝛc.
vergangener Zeiten, wie mit den ekelhaften Mixturen
von Schweiß-, Brech- und Abführ-Mitteln, welche
schablonenartig den armen Kranken in einem Zuge
gereicht wurden und diesen, wenn nicht Nachtheil,
so doch keinen Nutzen brachten, gründlich aufgeräumt,
— die Therapie beschränkt und vereinfacht, aber
keineswegs deren Einfluß auf die krankhaften Vorgänge im Organismus bezweifelt oder geläugnet.
Skoda's geplante Umstaltung der curativen Medicin
ist sein größtes Verdienst um die leidende Menschheit.

In seiner ganzen Geistesgröße zeigte sich Skoda
eigentlich am Krankenbette als Lehrer und Arzt.
Pünktlich mit dem Glockenschlage der Uhr betrat er
in bedächtigem Schritte die klinischen Säle, wo
seiner die bereits zahlreich versammelten Schüler
harrten. In fort gleichmäßiger Ruhe und unver-
wandten Blickes, das Stethoskop in der zier-
lichen Hand, nahm er die Krankenberichte nach
einigen kurzen und bündigen Fragen entgegen, unter-
suchte mit außerordentlicher Präcision den einen
oder anderen Fall und schritt dann zur klinischen
Interpretation. Sein äußerst feines Gehör erregte
ebenso Verwunderung, wie seine Art des Percutirens
die ganze Aufmerksamkeit der Anwesenden auf sich
zog. Nachdem er zuerst von einem gegebenen Falle

alles Wichtige und Beachtenswerthe in einem über=
sichtlichen Bilde vor Augen geführt hatte, zergliederte
er dessen verschiedene Erscheinungen und prüfte
sie auf ihre Thatsächlichkeit, erörterte auf Grundlage
seiner eigenen Erfahrungen deren Bedeutung, Zu=
sammenhang und Vielgestaltigkeit und suchte Schritt
vor Schritt zur Kenntniß über Sitz und Wesen der
Krankheit zu gelangen. Im ruhigen Gedankengange
entwickelte er dann mit der logischen Schärfe seines
glänzenden Geistes die Schlüsse, die unantastbar und
unumstößlich waren. Sie wurden von den in
größter Spannung ihm folgenden Zuhörern eifrigst
notirt und wie Offenbarungen festgehalten. Was
Skoda sprach, war in keinem Buche zu finden,
konnte nur von seinen Lippen, über welche, wie
aus einem unversiegbaren Borne die Worte der
Wahrheit und Erkenntniß strömten, gelesen werden.
Waren diese für seinen so durchdringenden Blick in
unlüftbaren Schleier gehüllt, so verbarg er dies
nicht mit bestrickenden Worten oder hochtrabenden
Phrasen, sondern bekannte ohne Rückhalt, „nicht in
der Lage zu sein," das geheimnißvolle Dunkel auf=
zuklären. Skoda's Vortrag war weder schwunghaft,
noch hinreißend, er begeisterte nicht, aber überzeugte
und bezwang. Seine scharfe, nur wenig klingende
Stimme mit dem slavischen Accente war weithin
vernehmbar. Er sprach einfach, klar, lichtvoll, logisch
und gab seinen Darstellungen nur die allernoth=
wendigsten Worte. Stundenlang bisweilen ergieng
sich seine Rede in fast monotoner Einförmigkeit,
selten unterbrach den Ernst des Gegenstandes eine
erfrischende Abwechslung, aber nichtsdestoweniger
waren seine Vorlesungen immer von einem mächtigen
und unauslöschlichen Eindrucke auf die Hörer, die sich
vor dem schlichten und einfachen Manne tief beugten.

Als Arzt war Skoda wegen seines mehr trockenen Benehmens und steten Ernstes, wegen seiner rückhaltslosen Aufrichtigkeit und gleichmäßigen Ruhe gar oft verkannt und nicht verstanden. Dies Verhalten Skoda's lag in seinem tiefen Wesen, nie viel zu sprechen und die Gedanken immer in die engste Form zu bringen. Aber an Theilnahme fehlte es ihm nicht, er war von innigem Gemüthe und unter seiner anscheinend kalten Außenseite schlug ein warmes Herz. Er hatte für Arm und Reich, für Hoch und Nieder nur eine Sprache, trug aber sein Mitgefühl weder in vielen Worten, noch in lebhaften Gesten zur Schau. Skoda's sicheres Auf= treten, die Verläßlichkeit seiner Diagnosen und seine präcisen Aussprüche ließen die Kranken sehr bald erkennen, daß er in das Tiefinnerste ihrer Leiden gedrungen sei. Sie hingen dann mit einem fast blinden Vertrauen und mit unbegrenzter Verehrung an ihm und betrachteten seine Worte wie Orakel= Sprüche. Skoda's Name als Autorität in Brust= krankheiten hatte einen Weltruf. Bei aller Offen= heit, mit welcher er den Kranken die Bedenklichkeit oder die Zweifel über ihren Zustand nicht vorent= hielt, schwieg er auch, wo Sprechen geschadet hätte. Aber nie verhehlte er deren Umgebung die jeweilige Gefahr und ließ sich nicht herbei, für den Augen= blick eitle Hoffnung zu geben. Gerade deßwegen traf ihn oft der so ungerechte Vorwurf der Härte und Rücksichtslosigkeit. Wurde Skoda von den Aerzten zu ihren Patienten beigezogen, so gieng er mit einer Gründlichkeit vor, die immer höchst be= lehrend war und die ergrautesten Praktiker be= geisterte. So erklomm Skoda den Gipfel einer Ruhmeshöhe, bis zu welcher ein Arzt überhaupt gelangen kann. Auch Reichthum, Orden und Titel (eiserner Kronen-Orden 1861, Comthur des Franz-Josephs-Ordens 1871, Hofrath 2c.) fehlten ihm dabei nicht.

Wenn auch Skoda's persönlicher Verkehr mit seinen Schülern ein sehr beschränkter war, so verehrten und liebten sie ihn doch fast abgöttisch. Trat er aber an sie heran, so konnte er dies mit einer Herzlichkeit thun, die sich in Worten gar nicht schildern läßt. Seinen Wohlthätigkeitssinn für die Studenten übte er in aller Stille und mit wahrhaft munificenter Freigiebigkeit. Die außerordentlichen Beträge, welche er den verschiedenen akademischen Unterstützungsvereinen spendete, stehen ohne Beispiel da. Sein Andenken wird daher immer ein gesegnetes bleiben.

Nachdem Skoda fast durch ein Viertel-Jahrhundert zum Ruhme und Gedeihen der Wiener Schule, zur Heranbildung und Freude seiner zahlreichen Schüler und zur Ehre seines Vaterlandes das so mühevolle Lehramt geübt hatte, faßte er Ende December 1870 den Entschluß, sich von seiner Professur zurückzuziehen und den Rest seines Lebens in Ruhe zu verbringen. Ein ihn schon seit vielen Jahren öfters heimsuchendes und sich stetig steigerndes Gichtleiden, wie seine zunehmende Augenschwäche, die ihm das Lesen sehr verleidete und beschwerlich machte, gaben wohl den Hauptanlaß zu diesem Vorhaben. Vielleicht waren auch die durchgreifenden Neuerungen und Erweiterungen der internen Medicin in den verschiedenen Hilfs- und Specialfächern, welchen Skoda in seinem hohen Alter und bei den fehlenden physischen Kräften nicht mehr nachzukommen vermochte, mitbestimmend. In den letzten Tagen des Jänners 1871 schied er zufolge Ministerial-Erlasses vom 18. desselben Monates

für immer von seiner Klinik — gieng in den Ruhe=
stand. Die ihm damals von der ganzen medi=
cinischen Welt, der Studentenschaft und Bevölkerung
dargebrachten Ovationen waren großartig. Alles
drängte sich an den geliebten Lehrer und Meister
heran, um ihm noch ein herzliches Scheidewort zu
sagen. Von den Studirenden der Medicin wurde
sein wohlgetroffenes Portrait in dem Hörsaale, wo
er so lange segensreich gewirkt hatte, feierlichst ent=
hüllt. Nach Dlauhy's Festrede, welche der Weihe
des Tages entsprach, fand der solenne Empfang der
vielen Deputationen in der Wohnung des Jubilars
statt. Hebra's Ansprache war von zündender Wirkung.
Als dann Vater Rokitansky in Vertretung der
k. k. Akademie der Wissenschaften eintrat und den
alten Kampfes= und Ruhmesgenossen, die Hand
reichend, begrüßte, kam es zu einer Scene über=
wältigenden und unvergeßlichen Eindruckes auf alle An=
wesenden. Nur ein paar Worte: „viel, zu viel Ehre"
vermochte der tiefergriffene und gerührte Mann zu
stammeln. Da standen sie noch einmal: Rokitansky
und Skoda — die Säulen der Wiener Schule, die
Heroen der Heilwissenschaft als lebende Wahrzeichen
einer entschwundenen schönen Zeit. Die Feier dieses
denkwürdigen Tages (14. März) schloß am Abende
ein äußerst imposanter Fackelzug, wie einen solchen
Wien kaum noch gesehen hatte.

Wenngleich Skoda als emeritirter Professor,
wie er sich nun immer zu schreiben beliebte, von
jeder Lehrthätigkeit sich zurückgezogen hatte, so ver=
folgte er doch die Fortschritte in der internen
Medicin, sowie deren neueste Erscheinungen in
der Literatur, nahm auch einen regen Antheil an
allen ärztlichen Personal= und Tagesfragen und war
der fleißigste Besucher der Sitzungen der Gesellschaft

der Aerzte, an deren Vorträgen und Debatten er sich sehr häufig betheiligte. Noch 1880 las er oft und viel in medicinischen Werken. Die ärztliche Consiliar-Praxis übte er in den ersten Jahren seiner Pensionirung sogar mit einem vordem selteneren Entgegenkommen. Als sich später sein krankhafter Zustand verschlimmerte, er außerhalb seines Hauses keine Krankenbesuche mehr abstatten konnte, beschränkte er sich blos auf die Ordination in seiner Wohnung. Auch diese vermochte er in den letzten Jahren nicht mehr regelmäßig abzuhalten. Die schon seit Längerem wahrgenommene Abnahme im Andrange auswärtiger Kranker nach Wien mag wohl auch mit in dem allgemein mehr bekannt gewordenen Abtreten Skoda's von der ärztlichen Praxis begründet sein.

Trotz aller Schonung, Ruhe und Pflege besserte sich Skoda's Gichtleiden doch nicht, im Gegentheile traten dessen Anfälle häufiger und heftiger auf. Als sich dann in den letzten Jahren auch ein organisches Herzübel mit asthmatischen Beschwerden hinzugesellte, litt er unsäglich. Er war sich dessen Bedeutung klar bewußt und sprach oft mit stoischer Ruhe und bewunderungswürdiger Gelassenheit von seinem Lebensende, das er selbst sehnlichst herbeiwünschte. Bei allen Qualen bewahrte er doch seine Geistesfrische, nach schlaflosen, furchtbaren Nächten war er zum Morgen meist wieder guter Stimmung. Aber die Kräfte nahmen sichtlich ab, das Aussehen wurde fort elender — fast schreckhaft. Skoda's letztes öffentliche Erscheinen beim Begräbnisse Rokitansky's (25. Juli 1878) ist heute noch Jedem, der den abgemagerten, erdfahl aussehenden Mann mit den eingefallenen, schmerzlich verzogenen Gesichtszügen, „thränenvollen" Augen und wehmüthigem Blicke in

ganz gebrochener Haltung damals sah, die peinlichste
Erinnerung. Es war ein wirklich erschütternder Augen=
blick, als der Wagen mit Skoda bei der Kirche vorfuhr
und dieser von hier aus den Leichenzug erwartete,
um sich von seinem heimgegangenen Freunde und
Geistesgenossen auf immer zu verabschieden. Alles
Zureden und Widerrathen seiner Angehörigen und
Freunde vermochte ihn nicht von der Theilnahme
an dieser Trauerfeier abzuhalten. Zum letztenmale
hatte sich der goldene Schimmer der Sonne über
Beide ergossen! Seit dieser Zeit kamen ab und zu
die beunruhigendsten Nachrichten über Skoda's Be=
finden in die Oeffentlichkeit. Die ganze Bevölkerung
Wiens nahm hieran den wärmsten Antheil. Am
Pfingst=Montage (6. Juni d. J.) erreichten seine
asthmatischen Zufälle einen solchen Höhegrad, daß
er selbst wähnte, jeden Augenblick ersticken zu müssen.
Mit aller Kraft und Gewalt raffte er sich noch
einmal von seinem Krankenlager auf, um hinaus in
die frische, freie Luft zu kommen. Im Schlafrocke
und Hauskäppchen fuhr er in den Prater — es
war dies seine letzte irdische Fahrt. Ein paar Tage
später verkündeten die Bulletins, daß Skoda zeit=
weise ohne Bewußtsein dahinliege — also seiner
endlichen Erlösung nahe sei. Nach langer, aber
ruhiger Agonie entschlief er Montags, den 13. Juni
1881, um 1 Uhr Mittags. Während sein Vorläufer
auf dem Gebiete der physikalischen Diagnostik Laënnec
an der Schwindsucht starb — erlag Skoda einem
Herzübel. Gerade dem Studium der Lungenkrankheiten
hatte der Erstere sein ganzes Leben gewidmet, während
Skoda dagegen mit größerer Vorliebe die Herzkrank=
heiten pflegte.

Von Skoda's klinischen Assistenten sind die
tüchtigsten und hervorragendsten bereits vor ihm

ins Jenseits gegangen, so M. Körner (Professor der Klinik in Graz) mit seinem hoch aufstrebenden Wollen und der geistreiche Sonderling Loebl (Professor und Primararzt in Wien).

Wären Skoda nur noch wenige Wochen Lebensdauer beschieden gewesen, so würde er sein fünfzigjähriges Doctor-Jubiläum gefeiert haben (16. Juli). In den ärztlichen und studentischen Kreisen hatten auch schon Berathungen über die zu treffenden großartigen Feierlichkeiten für diesen festlichen Tag stattgefunden. Aber so schritt der unerbittliche Tod ohne Erbarmen hierüber hinweg.

Skoda's Tod, so voraussichtlich dieser auch schon seit Längerem war, hat allgemein tiefe Trauer und innigste Theilnahme erregt. Ueber vierzig Jahre wirkte er in bahnbrechender Thätigkeit als letzter Kämpe einer kleinen Schaar auserlesener Geister zum Vor- und Sinnbilde ehrlichen Schaffens und Strebens, der reinsten Wahrheit und Erkenntniß, wie zum bleibenden Ruhme seiner Schule und zum Wohlergehen der ganzen Menschheit. Unauslöschlich wird sein gefeierter Name in den Geschichtsblättern künftiger Jahrhunderte und in der Dankbarkeit der spätesten Geschlechter erglänzen und fortbestehen. Davon verwischt sein irdisches Ende nicht die geringste Spur. Zu tief haben seine Lehren und Errungenschaften Wurzeln geschlagen, als daß sie mit dem Wechsel der Zeiten untergehen könnten. Skoda und seine Schöpfungen sind unsterblich.

Wie im Triumphzuge durchschritt Skoda die ärztliche Laufbahn — still und ruhig, einförmig und fast unvermerkt verlief sein Leben als Mensch. Wer den schlichten und einfachen Mann zum ersten Male sah und dessen herrliche Geisteseigenschaften nicht kannte, der ahnte in ihm gewiß nicht den so bedeutenden Menschen. Die kleine, gedrungene Gestalt mit dem schwarzen, leicht lockicht und lang herabfallenden Haare, das scharfe, durchdringende Auge mit Brille in plumper Fassung, das sichere, passiv selbstbewußte und doch anspruchslose Auftreten machten umso weniger den Eindruck weltmännischer Eleganz, als Skoda immer in demselben uniformen, selbst etwas vernachläsfigten Gewande einhergieng. An dem Schnitte seiner Kleider änderte die Mode nichts. Auch seine Wohnung war nur ganz bürgerlich eingerichtet. Diese befand sich in seinem eigenen Hause, (8. Bezirk, Reitergasse 12, früher, als Armenarzt in der Burgstraße, als Ordinarius in der Wickenburggasse, als Primararzt im allgemeinen Krankenhause und als Professor während der ersten Jahre in der Alserstraße), bei welchem er ein kleines, sorgfältig gepflegtes Gärtchen hatte. Da verbrachte er während der besseren Jahreszeit täglich mehrere Stunden. Weder hat er sich je im Sommer auf dem Lande aufgehalten, noch einen Badeort besucht. Er meinte immer, daß die Beschaffenheit der Luft keinen besonderen Einfluß auf sein Leiden habe. Skoda starb unvermält. In seinen jüngeren Jahren nahm ihn die wissenschaftliche Thätigkeit so in Anspruch und waren seine materiellen Verhältnisse auch derartig, daß ihm für ein engeres Familienleben weder Zeit, noch Raum übrig blieben. Als sich seine Lage später besserte, hielt er sich wieder für zu alt, um mit einer Lebensgefährtin gemeinsam glücklich sein zu können. Sein kleiner Haushalt erforderte nur einen geringen Aufwand und bestand in ein paar weiblichen Domestiken und einem Kutscher. Er führte stets eine sehr geregelte Lebensweise und hielt an strenge Diät.

Die Summe seiner culinarischen Genüsse reducirte sich, wenigstens in den letzten zehn Jahren, auf zwei ganz gewöhnliche Gerichte zum Mittagsmahle. In der Oper und im Schauspielhause ist Skoda seit langer Zeit nicht mehr gesehen worden. Bei seinem geschwächten Auge und Gehör konnte er natürlich der Musik und Handlung nicht ordentlich folgen. So lange er sich noch leidlich fühlte, suchte er des Abends häufig befreundete Familien oder altbewährte Freunde (Rokitansky, Hebra, Chrastina, Fuchs, Arlt, Zeißl, Leidesdorf, Dittel 2c. 2c.) auf, und als er dies nicht mehr vermochte, lud er dieselben zu sich in seine Behausung. Mit besonderer Vorliebe spielte er da Whist, was oft zu gar drolligen Scenen Veranlassung gab, indem er begangene Spielfehler mit unnachsichtlicher Strenge rügte. Bei den sich hieranschließenden Soupers war er bisweilen von unvergleichlichem Humor.

Skoda war als Geist und Mensch gleich groß. Edle Denkungsart, Offenheit und Bescheidenheit, Ernst und Liebe zur Wahrheit im Leben, wie in der Wissenschaft, Treue und Verläßlichkeit in Wort und That, echte Humanität und unbegrenzter Wohl= thätigkeitssinn, Empfänglichkeit für alles Gute und innige, hingebende Liebe zu den Seinigen vereinten sich in dessen so erhabener Seele zu einem harmoni= schen Ganzen. Streng gegen sich selbst, war er mild und maßvoll in seinen Urtheilen und Aeußerungen über Andere. Rückhaltslos hob er das wirkliche Verdienst hervor — Geist und Wissen fanden bei ihm stets einen warmen Fürsprecher. Schmeicheleien war er unzugänglich, wie auch seine Zu= und Abneigungen keinen momentanen Bewegungen unterlagen. Der Unwissenheit und dem Ge= meinen trat er überall mit Entschiedenheit entgegen.

Er vermied jeden äußeren Schein, verbarg sich aber gern in eine stille Außenseite. Nichts lag ihm ferner, als sein eigenes Ich in den Vordergrund zu stellen. Sein kühles, mehr ablehnendes Wesen war ein Ausdruck seines Forschergeistes, der nichts kannte und schätzte, als den Verstand und die Wahrheit. Dies hatte aber mit dem inneren Menschen nichts zu thun. Skoda war im alltäglichen Umgange sehr einsilbig, von seinen Lippen kam kein überflüssiges Wort, und für den unnützen Verkehr gab er sehr wenig von seinem immer thätigen Geiste her. Diesem folgte seine Sprache nur langsam, sie war wie seine Schreibweise, kurz, präcis und schmucklos. Die ihm zugeschriebenen Witze und Anekdoten sind zum größten Theile erdichtet, die Absicht einer Wirkung lag denselben aber niemals zu Grunde. In seinen Gunstbezeugungen war er sehr karg und zurückhaltend; wem er aber einmal sein Vertrauen zugewandt hatte, der konnte fest darauf bauen. Er versprach nicht Allen, was er nur Einem halten konnte, sagte er ja, so galt's als geschehen. Wer an ihn herantrat, dem bot er die offene Hand ohne vieles Reden. Seinen czechischen Landsleuten bekundete er stets eine freundliche Gesinnung und ein gewisses Entgegenkommen, unterhielt sich auch gern in seiner Muttersprache, war sich dabei aber sehr wohl bewußt, daß sein Wirken keineswegs einem einzelnen Volke oder Lande, sondern der ganzen wissenschaftlichen Welt angehöre. Nicht der mindeste Makel haftete an seinem Charakter. Frei von jeder Schwäche, war er ein vollkommener Mensch. Zu der Bewunderung für den Gelehrten gesellte sich bei Laien, wie bei den Berufsgenossen auch die Ehrfurcht vor dem ungewöhnlichen Manne.

Seinen Freunden gegenüber war Skoda von hinreißender Liebenswürdigkeit, und diese hingen wieder mit ganzem Herzen an ihm und wetteiferten in Aufmerksamkeiten und im Erfüllen aller seiner Wünsche. In den abendlichen Zusammenkünften sprach er oft und länger und in ganz geselligem Tone — aber immer bündig, logisch und so treffend, wie es nur großen Denkern eigen ist. Da wurden sociale und politische Fragen, medicinische Tages- und Personal-Angelegenheiten herangezogen und erörtert, was bei letzteren sehr oft von entscheidendem Einflusse auf die Facultätsverhältnisse selbst war. Von diesen Conventikeln reichte Skoda's Autorität während seines Ruhestandes noch nach Außen und fiel sogar bei Besetzung einzelner Lehrkanzeln schwer in die Wagschale. In den weitesten Kreisen waren sein Rath und Urtheil ebenso angesehen als maßgebend — sie galten wie Aussprüche eines Weisen.

Besonders rührend war Skoda's zärtliches Verhältniß zu seinem älteren Bruder (Dr. Franz Ritter von Skoda, Hofrath und jubilirter Sanitäts-Referent), mit dem er seit der frühesten Kindheit in innigster Liebe verbunden und fort im traulichsten Verkehre gestanden war. Auch dieser hatte sich mühsam von Stufe zu Stufe (Secundar-Arzt, Stadt-Arzt in Pilsen, Bezirksarzt in Klattau 1841 ꝛc. ꝛc.) zur höchsten Stelle im Sanitätswesen seines Heimatslandes (Böhmen) emporgeschwungen. Auf Skoda's Wunsch übersiedelte derselbe bei seiner Pensionirung von Prag nach Wien, wo dann Beide in unzertrennlicher und herzlichster Gemeinschaft lebten. Er war sein steter Begleiter auf Reisen, auf den Spazierfahrten und Gängen, wie auch bei den Sitzungen der Gesellschaft der Aerzte. Während

der so langen Krankheitsdauer pflegte der hochbe=
tagte Greis seinen Bruder bei Tag und Nacht in
der unermüdlichsten und aufopferndsten Weise.
Skoda hatte ihn aber auch über Alles gern und
bethätigte dies gleichfalls in der großmüthigsten
Weise an dessen Kindern, von welchen namentlich
der in der Typhus=Epidemie 1855/56 dahingeraffte
Dr. Carl Skoda (Secundar=Arzt im Wiener allge=
meinen Krankenhause) sein Liebling war. Dieser
besaß auch die trefflichsten Geistes=Anlagen und so
manche Eigenschaft seines großen Onkels. Den zeit=
genössischen Spitals = Collegen ist jener schmerzliche
Augenblick gewiß noch in trauriger Erinnerung,
als Skoda am Sterbebette jenes bitterlich weinte.
Für seine Familien=Angehörigen hatte er immer
offenes Haus und volle Hände. Diese haben
wohl auch an der Umstaltung der kleinen väter=
lichen Schlosserwerkstätte zu einem großartigen In=
dustrie=Etablissement mitgebaut.

Im stillen, prunklosen Wohlthun trat Skoda's
Herzensgüte so recht hervor. Er hatte eine förm=
liche Scheu vor dem öffentlichen Bekanntwerden der
von ihm an Einzelne, an verschiedene Institute und
Corporationen gespendeten, oft sehr namhaften Be=
träge. Mittellose Studenten, verarmte oder ver=
unglückte Aerzte giengen nie ohne reichliche Unter=
stützung von ihm weg. Hunderten von Witwen und
Waisen, ohne Hinterlassung eines Vermögens ge=
storbener Collegen hat seine milde Hand groß=
müthige Gaben verabreicht. Den in drückender Noth
hinterbliebenen beiden Kindern seines ehemaligen,
so wohlwollenden Abtheilungs=Chefs, Primar=Arztes
Dr. Ratter (gestorben an Tabes den 29. November
1841) warf er als selbst unbesoldeter Ordinarius
bei seinem damaligen spärlichen Einkommen eine

jährliche Pension aus, deren Fortbestand testamen=
tarisch gesichert ist. Sein eigenhändig geschriebenes
Testament: „Mein letzter Wille" (1. Juli 1880)
lautet Eingangs, wie nachsteht: „Mein gesammtes
bewegliches Vermögen habe ich schon bei Lebzeiten
verschenkt. Mein unbewegliches Vermögen besteht in
2 Häusern in der Josefstadt. Zu meinem Universal=
Erben ernenne ich meinen Bruder Franz Ritter v.
Skoda, welchen ich jedoch beauftrage, folgende Le=
gate zu bezahlen." Eine specificirte Aufzählung
dieser, bezüglich der Höhe mit seinem Bruder münd=
lich vereinbarten Vermächtnisse würde gegen die
Pietät für den großen Todten, der die laute Wohl=
thätigkeit nicht liebte, verstoßen — aber die wahr=
haft fürstlichen Spenden an seine Domestiken sollen
der Bekanntgabe nicht vorenthalten bleiben. So
bedachte er seine langjährige Wirthschafterin mit
15.000 fl. und andere, darunter auch früher
bei ihm gewesene Dienstleute mit Summen bis zu
5000 fl. In erster Linie stellte er dann die Stadt
Wien, der er seine ganze Größe zu danken ver=
meinte, zur Betheilung ihrer Armen, ohne Unter=
schied der Religion und Nationalität. Auch seines
Geburtsortes Pilsen war er eingedenk. Eine ganze
Reihe humanitärer Vereine und Anstalten, wie
wissenschaftlicher Körperschaften, so des Studenten=
Kranken = Unterstützungs = Vereines, dessen Gründer
und Wohlthäter er war, des Unterstützungs = Ver=
eines des Doctoren = Collegiums der medicinischen
Facultät, sowie dessen Pensions=Institutes, der Ge=
sellschaft der Aerzte in Wien und Prag erhalten
ganz erkleckliche Beträge. Selbst allen seinen alten,
treu zu ihm gestandenen Freunden vermachte er
besondere Andenken. Die Wiener Tagesblätter ver=
anschlagten Skoda's Nachlaß auf eine Million

Gulden. Dies kann nur insofern seine Richtigkeit haben, als er wirklich einmal im Besitze eines solchen Vermögens gewesen sein mag. Bei seiner einfachen Lebensweise, seinen so geringfügigen Bedürfnissen und der großen, sehr einträglichen Consiliar-Praxis konnte und mußte er doch wohl ein reicher Mann werden.

Skoda hatte seinerzeit ausdrücklich den Wunsch geäußert, nach dem Tode secirt zu werden. Diesem wurde entsprochen und die Obduction von dem Prosector der Rudolph-Stiftung, Dr. H. Chiari vorgenommen (14. Juni). Sie ergab eine veraltete tuberculöse Affection in beiden Lungenspitzen und den Bronchial-Drüsen, Vergrößerung des ganzen Herzens mit fettiger Entartung dessen Substanz, Unschließungsfähigkeit der halbmondförmigen Klappen der Aorta mit Verengerung deren Einganges, Schrumpfung beider Nieren und ein erbsengroßes Concrement in der rechten Niere. Das Gewicht des Gehirns sammt den Meningen betrug 1300 Gramm. Von seinem Herz- und Nieren-Leiden war Skoda auch während des Lebens überzeugt, dachte aber überdies noch an die Gegenwart eines Tumors im Mediastinum. Der obsolete, krankhafte Zustand der Lungen datirte jedenfalls aus den Jugendjahren her.

Die Trauerkunde von Skoda's Heimgange rief in allen Gesellschaftsclassen und Bevölkerungsschichten, in medicinischen und wissenschaftlichen Kreisen, bei seinen zahlreichen Schülern und Verehrern, am Throne wie in der Hütte — überall das schmerzlichste Beileid und die innigste Theilnahme hervor. So ließen Ihre Majestät die Kaiserin Elisabeth, wie andere Mitglieder des allerhöchsten Hofes den Hinterbliebenen Skoda's in warm gefühlten Worten

ihre Condolenz aussprechen. In der Gemeinderaths=
Sitzung vom 14. Juli hielt der Bürgermeister
Wien's Dr. J. R. v. Newald einen weihevollen
Nachruf für den Dahingeschiedenen, hob dessen
große Verdienste um die sanitären Interessen der
Stadt, namentlich um das Zustandekommen der
Hochquellen=Leitung hervor und forderte die Ver=
sammelten auf, zum Zeichen ihrer Trauer um den
großen Gelehrten und hochverdienten Mitbürger sich
von ihren Sitzen zu erheben. Nachdem dies in
würdevollem Ernste geschehen, wurde ein von Mit=
gliedern der Sanitäts=Section gestellter Antrag:
zum bleibenden Angedenken an Skoda's bis zum
letzten Lebens=Augenblicke zur Wohlfahrt der Wiener
Bevölkerung bethätigtes Wirken, eine Straße mit
seinem Namen zu benennen, einstimmig angenom=
men. Zahlreiche Deputationen, wie die des Pen=
sions=Institutes des Doctoren=Collegiums, der ver=
schiedenen ärztlichen Vereine Wien's, der k. k. Ge=
sellschaft der Aerzte 2c., erschienen sehr bald nach
dem Ableben Skoda's, um seinem Bruder ihr tiefstes
Bedauern über den unersetzlichen Verlust, den die
Menschheit und Wissenschaft erlitten, auszudrücken.
Schriftliche und telegraphische Condolenz=Erklärungen
liefen aus allen Richtungen Oesterreich's und des
Auslandes ein: von hohen Staatswürden=Trägern,
ehemaligen Kranken, Aerzten, Körperschaften, Uni=
versitäten und Städten (Triest, Innsbruck, Graz,
Prag, Franzensbad, Venedig 2c.). An den Wiener
Kliniken feierten v. Bamberger und Meynert durch
gediegene und erhebende Gedenkreden den unsterb=
lichen Arzt und Gelehrten.

Diesen so allgemeinen, theilnahmsvollen Mani=
festationen schlossen sich auch auswärtige Kundge=
bungen an. Die Neapolitaner Studenten entboten

durch Cantani den Wiener Collegen telegraphisch ihr tiefstes Beileid um den illustren Meister. In den Condolenz-Schreiben der akademischen Senate von Jena und Erlangen wird Skoda als ein für immerwährende Zeiten leuchtendes Beispiel exacter medicinischer Forschung gepriesen. Frerichs und Leyden in Berlin nahmen ebenfalls Anlaß, Skoda den ehrendsten Nachruf zu widmen.

Wie tief und schmerzlich der Tod Skoda's die Wiener Studentenschaft berührte, und wie groß deren Liebe und Verehrung zu ihm waren — dies sprach in beredten Worten ihr nachstehender Aufruf zur Theilnahme an der Begräbnißfeier aus.

Commilitonen!

„Ein Mann ist aus den Reihen der Lebenden geschieden, der nimmer von uns gegangen wäre, könnten die Segenswünsche der Tausende, die er heilte, die Bewunderung derer, die er lehrte und die Dankbarkeit derer, denen mit vollen Händen zu geben er nie müde wurde, ihn ans Leben fesseln. Skoda, dem die akademische Jugend vor einem Jahrzehnt ihre Ehrfurcht und Liebe in so würdiger Weise bezeugt; er, der sein damals gegebenes Wort: ein bleibendes Denkmal seiner Liebe und Sorgfalt zu hinterlassen, durch fortgesetzte Wohlthaten treulich erfüllt — er ist nicht mehr.“

„Commilitonen! Ihr seid Euch Euerer Pflicht bewußt — seid bereit, dem Rufe vollzählig Folge zu leisten.“

Das ist doch die wahre Sprache des Herzens zu den Herzen!

Den 15. Juni, 4 Uhr Nachmittags wurde Skoda zu Grabe getragen. Seine Leichenfeier gestaltete sich zu einer großartigen, imposanten Kundgebung für den unsterblichen Mann. Wiewohl er sich seit einem Decennium fast von jeder wissenschaftlichen Thätigkeit zurückgezogen hatte, später sich selbst auch mehr fern vom öffentlichen Leben hielt und in den allerletzten Monaten nur äußerst selten seine Leidensstätte verließ, so blieb er doch als ein lebendes Denkmal epochaler Ereignisse und noch einziger Repräsentant einer glorreichen Zeit fort allgemein beachtet, bewundert, verehrt und geliebt. Eine düstere Stimmung drückte am Begräbnißtage die ganze Bevölkerung Wiens, in Massen kam sie herbeigezogen, um sich noch einmal dem gefeierten Todten zu nähern, dem berühmten Gelehrten, populären Arzte, stillen Wohlthäter und verdienstvollen Mitbürger die letzten Ehren zu bezeigen. Nicht die gewöhnliche Schaulust und Neugierde, sondern das tief empfundene Gefühl, der unwiderstehliche Herzensdrang führte sie auf die Straßen und Plätze, durch welche sich der Trauerzug zu bewegen hatte. Schon mehrere Stunden vor Ankunft desselben waren alle nach dem Sterbehause, der eingepfarrten Kirche und dem vorortlichen Friedhofe mündenden Zugänge von einer zahllosen Menschenmenge erfüllt. Nicht nur alle Gasflammen in jenen, sondern auch die in Fenstern vieler Häuser aufgestellten Kerzen brannten lichterloh beim prächtigsten Sonnenscheine des Tages. Von dem Giebel des allgemeinen Krankenhauses, wo Skoda nicht nur seinen Ruf und Ruhm begründet, sondern sich auch die Zuneigung und das Vertrauen des Volkes erworben hatte, wehte eine mächtige schwarze Fahne. Sie verkündete weithin die Trauer der leidenden Menschheit um ihren Erretter und Befreier.

Schon an den beiden Vortagen des Begräbnisses waren hunderte von prachtvollen Blumen- und Lorbeerkränzen, sowie zahlreiche Palmenzweige als letzte Liebesgaben verschiedener Städte, Universitäten, Institute, Spitäler, Corporationen, studentischer, ärztlicher und wissenschaftlicher Vereine, von einzelnen Familien, Schülern, Aerzten, Collegen, Verehrern, Freunden und ehemaligen Kranken mit kostbaren schwarzen und weißen, silber- und goldgestickten Bandschleifen und den sinnreichsten Widmungen am Sarge Skoda's niedergelegt worden. So abwechselnd diese auch in Worten waren, so entsprachen sie doch alle der Bedeutung des ruhmreichen Todten als Forscher und Gelehrten, als Arzt, Lehrer, Gönner, Freund, Wohlthäter und Lebensretter. Beim Begräbnisse selbst konnten diese mannigfaltigen Blumenspenden kaum auf drei großen Wägen untergebracht werden.

Am Begräbnißtage aber fand ein so riesiger Andrang theilnahmsvoller Besucher nach dem Sterbehause statt, daß dieselben nur partienweise in das düstere Aufbahrungsgemach gelassen werden konnten. In dessen Mitte ruhte auf einer schwarzbehängten Estrade der dicht mit Kränzen umgebene Metallsarg. Auf zwei neben diesem befindlichen Tabourets lagen der Akademiker-Hut und ein paar Orden. Das wachsbleiche Antlitz Skoda's, der in die goldgestickte grüne Uniform der Akademie der Wissenschaften gekleidet war, seine eingefallenen Gesichtszüge zeigten wohl die Spuren langen, schmerzlichen Leidens, aber auch den unverkennbaren Ausdruck der Ruhe und Milde seines verklärten Geistes, den die Welt vor nahezu einem halben Jahrhunderte voll Bewunderung aufsteigen sah, den aber Niemand niedergehen sehen wird. Unmittelbar vor der an-

beraumten Begräbnißstunde hatten sich im Trauer=
hause die Verwandten und Angehörigen des Ver=
blichenen, seine Collegen, Freunde und Verehrer,
sowie sehr viele Aerzte eingefunden, um sich von
dem unvergeßlichen Meister zu verabschieden. In
rascher Reihenfolge erschienen dann die studentischen
und ärztlichen Vereine, die Wiener und auswärtigen
Deputationen und ordneten sich zum Zuge in die
Dreifaltigkeits=Kirche. Denselben eröffneten zwei
berittene Lampion=Träger im altspanischen Costume,
diesen folgten die Studenten in unabsehbaren Reihen
mit der schwarz umflorten Universitätsfahne. Den
mit frischen und schönen Blumen überladenen Trauer=
wagen begleiteten zu beiden Seiten Mediciner und
magistratische Diener in großer Galauniform mit
brennenden Windlichtern. Hinter dem Sarge schritten
Skoda's tiefgebeugter Bruder, dessen Kinder und
Verwandte. An diese schlossen sich die Mitglieder
des Professoren= und Doctoren=Collegiums, sämmt=
liche Spitals=Aerzte und die übrigen Trauergäste
an. Von den tausend Aerzten Wiens fehlten hiebei
gewiß nur äußerst Wenige.

Die Straßen, welche der Leichenzug passirte,
waren wie mit Menschen übersät und aus allen
Fenstern der in jenen gelegenen Häuser drängte
sich Kopf an Kopf. Eine tiefe Bewegung gieng durch
Alle, als an ihnen der Leichenwagen mit der ent=
seelten Hülle Skoda's vorüberfuhr. Sie hatten ihn
gekannt und auf diesen Wegen so oft gesehen und
wurden nun lebhaft erinnert, was für ein guter
Mann er immer war.

Unter dumpfem Glockengeläute wurde nach
4 Uhr die Leiche Skoda's zur Einsegnung in die
Kirche gebracht. Hier hatten sich mittlerweile so viele
Leidtragende angesammelt, daß nur für Wenige des

Begräbnißzuges noch Platz zu finden war. Außer den Vertretern der Ministerien des Innern und Unterrichtes, der Akademie der Wissenschaften, der Spitzen der akademischen Behörden, des feldärztlichen Officierscorps mit mehreren General=Stabsärzten, der Großcommune Wiens (Bürgermeister), des Doctoren=Collegiums, der verschiedenen studentischen, wissenschaftlichen, ärztlichen und humanitären Vereine, der Advocatenkammer und aus Künstlerkreisen waren fast alle medicinischen Celebritäten und praktischen Aerzte erschienen. In ihren Gesichtszügen waren nicht nur die Furchen angestrengter geistiger Arbeit und eines ernsten Lebensganges, sondern auch die schmerzlichen Eindrücke ob des Verlustes ihres Allerbesten ausgeprägt. Als nach Vollzug des kirchlichen Actes der akademische Gesangverein den erhebenden Choral intonirte: Es ist bestimmt in Gottes Rath, daß man vom Liebsten, was man hat, muß scheiden — da schluchzte die Menge laut auf und flossen Thränen ohne Zahl.

Gegen 5 Uhr setzte sich der Trauerzug von der Kirche aus nach dem Hernalser Ortsfriedhofe in Bewegung. Hier hatte sich Skoda noch bei Lebzeiten einen Platz neben der Ruhestätte seines Freundes und Kampfesgenossen Rokitansky gesichert. Kaum hatte der Leichenzug das Weichbild der Stadt verlassen, als ein heftiger Sturm losbrach und ein gewaltiger Regen niedergieng. Nichtsdestoweniger harrten die Leidtragenden aus und begleiteten die Leiche bis zur Gruft in den rechtseitigen Arcaden, wo diese von der Ruhestätte Rokitansky's durch 12 und von jener Hebra's nur durch 2 Gräber getrennt ist. Als dann der Sarg hinabgesenkt, und die Universitätsfahne über das Grab gebreitet war, hielt der Präsident der Akademie der Wissenschaften Hofrath von Arneth, tief bewegt und ergriffen, einen so warmen und würdevollen Nachruf, daß selbst dessen abgekürzte Wiedergabe der beredteste Necrolog für Skoda ist.

„Rokitansky, Hebra, Skoda — welch' glanzvolles Trifolium der Wiener medicinischen Schule, von dem uns binnen kürzester Zeit Einer nach dem Anderen durch den Tod geraubt wurde, den sie so oft siegreich bekämpften, dem sie so manches schon verloren geglaubte Leben entrissen und dem sie zuletzt selbst erliegen mußten. Rokitansky und Skoda, ein weithin leuchtendes Dioscurenpaar, aus dem gleichen von ihnen jederzeit gleichgeliebten Heimatslande und in gleich bescheidenen, fast kärglichen Verhältnissen haben sie ihre herrliche Laufbahn vereinigt zurückgelegt. Beide haben mit gleicher Begeisterung, mit gleich bewunderungswürdigem Scharfsinne, mit gleicher gediegener Kraft und unendlicher Ausdauer und daher auch mit den gleichen ruhm- und siegesreichen Erfolgen dem Dienste der medicinischen Wissenschaft sich geweiht. So wie sie rasch nacheinander folgten beim Eintritte in's Leben, so sind sie sich leider allzurasch auch bei ihrem Austritte aus demselben gefolgt. Nun aber sind sie, die am Leben gemeinsam gearbeitet und gewirkt, auf demselben Friedhofe wieder vereinigt und in nächster Nähe schlafen sie Beide gemeinsam den ewigen Schlaf. Und so wie vor wenigen Jahren an dem Grabe Rokitansky's, so sind auch heute an dem Deinigen, unvergeßlicher Skoda, nur wahrhaft um Dich Trauernde, nur Dich bewundernde und Dir dankbare Menschen versammelt — denn Trauer, Bewunderung und Dankbarkeit sind diejenigen Gefühle, die Du uns Allen zurückließest, Trauer um Dich und Bewunderung Deines überreichen geistigen

Scharfsinnes, Dankbarkeit für die unermeßlichen Segnungen, die aus dem Allen hervorgiengen. Hat es doch Tausende und Abertausende gegeben und wird es deren auch fortan noch geben, die Deinen Namen, so betrübend es auch ist, niemals gehört haben und denen gleichwohl die heilvolle Wirkung Deines Forschens und Schaffens zu Gute kommt; denn nicht nur in unserem österreichischen Vaterlande, nicht nur in ganz Europa, sondern weit über die Grenzen unseres Welttheiles hinaus leben und wirken Deine eifrigen Schüler, und die kranke Menschenbrust, deren Leiden etwa im fernen Amerika nach Deiner Methode erforscht und geheilt wird, sie empfindet es nicht, daß die Dankbarkeit eigentlich Dir gelten sollte, als dem geistigen Urheber ihrer Genesung. Wem von uns Allen drängt sich nicht ein Gefühl der Beschämung auf, daß die Menschheit, die so gern die civilisirte sich nennen hört, noch weit entfernt ist von dem einzigen richtigen Standpunkte wirklicher Civilisation, daß sie nicht höher als die, welche ihr die tiefsten und blutigsten Wunden schlagen, diejenigen, welche diese Wunden heilen, ehrt und preist als ihre wahren Heroen. Das ist aber der Standpunkt der Akademie. Du warst ihr, Du einfacher, schlichter Mann mit dem unscheinbaren Aeußern immer ein echter und bewährter Held in dem geistigen Kampfe für die Sache der Humanität und in diesem Sinne, in dieser Erkenntniß bringt Dir die Akademie jetzt ihre letzte Huldigung, ihren letzten wehmuths- und schmerzvollen Scheidegruß dar. Schlaf' wohl, Du edler Freund, der Du als großer Forscher, Lehrer und Arzt der Menschheit ein unübertroffener Wohlthäter, der Wissenschaft und Akademie eine der glanzvollsten Zierden, uns aber — Deinen um dich trauernden

Collegen ein treuer Genosse warst. Schlaf' wohl! Auf Wenige, die für immer von uns gegangen sind, wird mit gleichem Rechte, wie auf Dich, der fromme Spruch Anwendung finden: Deine Werke — sie folgen Dir nach!"

Nachdem v. Arneth unter tiefer Bewegung und Rührung geendet hatte, schilderte v. Arlt in innig empfundenen Worten Skoda's Bedeutung für die Wissenschaft, die schweren Kämpfe, die den Tagen seines Ruhmes vorausgegangen waren, sein edles Ge= müth, seine Herzensgüte, die Festigkeit seines Cha= rakters, die Treue und Anhänglichkeit zu seinen Freunden. Skoda's ältester College — der greise Chrastina — vermochte nur mit bebender Stimme, aber mit um desto größerem Eindrucke auf Alle, einige schlichte Worte über dessen Entbehrungen in der Jugend und dessen Anspruchslosigkeit, wie über die Freigebigkeit und Wohlthätigkeit Skoda's, namentlich kranken, mittellosen Studenten, unglück= lichen, erwerbsunfähigen Berufsgenossen gegenüber, zu sprechen. Leidesdorf's Abschiedsgruß an Skoda galt nicht bloß dem unerreichten Denker, dem ge= nialen Forscher, dem biederen Menschen, sondern auch dem großen Dulder in den Tagen schweren Leidens. Der dankerfüllte Nachruf v. Schrötter's, des lang= jährigen Schülers Skoda's, feierte dessen Wirken als Lehrer und Kliniker, sein unverwandtes Streben nach Wahrheit, seine Milde und Gerechtigkeit, wie dessen Ruhe und Geduld während der so langen Krankheitsdauer.

Im Namen des medicinischen Unterstützungs= vereines, welchen Skoda mit großmüthigen Spenden werkthätig förderte und auch letztwillig reichlich bedachte, pries studiosus medicinae Schmeichler

deſſen hilfreiche Hand, die zum Geben immer bereit
war. Dem Gefühle der Trauer der Wiener Studen=
tenſchaft gab Baron Camerlander als Präſident
des deutſch=öſterreichiſchen Leſevereines in folgender,
dem Wortlaute nach treuer Rede einen würdigen
Ausdruck:

„An dieſem offenen Grabe ſchweigen die Un=
terſchiede der einzelnen Wiſſenszweige, heute gibt
es nur eine trauernde alma mater, die eben ihre
edelſte und ſchönſte Blüte zur Erde beſtattet. Denn
das iſt ja das Zeichen des wahrhaft großen Geiſtes,
der Stempel des Genies, daß ſein Flügelſchlag über
allen Kaſtengeiſt, über alle Engherzigkeit überall
dahin reicht, wo der Born des Wiſſens fließt und
die Keime reifen, die er befruchten ſoll. Solch’ ein
Geiſt war es, deſſen Fittig erlahmt iſt für immer,
deſſen Hülle wir unter dem Blumenſchmucke der
Liebe und dem Lorbeer des Verdienſtes beſtatten,
darauf der Himmelsthau ungezählte Thränen perlet.
Darum iſt der heutige Tag ein Trauertag für die
geſammte Wiener Studentenſchaft, und eben die
deutſchen Studenten haben doppelt Grund zur Klage.
Denn Du ſtiller Mann mit der ſchweren Zunge,
Du warſt ein Deutſcher, ſo gut, wie nur je Einer,
denn Du warſt ein Mann der Wahrheit, dies war
der Gott, vor dem Du dein Knie gebeugt! Joſef
Skoda ſchlafe ſüß den ewigen Schlaf der Todten,
Du ſchläfſt ihn an der Seite großer Meiſter, die
Dir vorangegangen, Du, der Meiſter der Meiſter!
Wien’s Studentenſchaft ruft Dir ein letztes Lebe=
wohl, einen letzten Abſchiedsgruß der Liebe und
Verehrung in’s Grab nach. Du aber, in unſeren
Herzen, in dem Gedächtniſſe von Millionen lebſt
Du unvergeſſen, unvergeßlich für und für! Ruhe
ſanft!“

Bald deckten die hingeworfenen Erdschollen die offene Gruft, in welcher wie unter einem Berge von Blumen der kleine Sarg mit dem großen Todten begraben war. Die düsteren Wolken hatten sich mittlerweile verzogen und die Abendsonne bestrahlte noch die Thränen, welche dem vielgeliebten Meister nachgeweint wurden. Hiemit war die so ergreifende und erhebende Leichenfeier zu Ende. Den nach allen Richtungen traurig Heimkehrenden war es so um's Herz, als hätten sie ihren Schutzgeist verloren. Aber der so unansehnliche Friedhof von Hernals, auf dem die ruhmreichsten Kämpfer aus der medicinischen Welt ruhen, wird für allezeit den gegenwärtig Lebenden, wie deren spätesten Nachkommen eine heilige Stätte pietätvoller Erinnerung sein und bleiben!

Druck von W. Stein, Wien, I. Bauernmarkt 11.